KB030963

잎새 꽃

나순규 시집

앞새에도 꽃이 핀다.

님께

가운규 드림

목 차

제1부 · 설레어 잠못 이루던 밤

제2부 · 문자 품고 있듯 마음만 안고 있다

제3부 · 아프니까 사랑이다

제4부 · 터질듯 봉우리 가슴

제5부 · 지는줄 모르고 피는 꽃도 있다

제6부 · 나 또한 너 같았으면 좋겠다

제7부 · 바람 없으면 살수없는 인생

제1부

★

설레어 잠못 이루던 밤

그리움 하나

맘 깊은 구석
까마득하게 잊혀져가는
그리움 하나
보름달 진하게 빛날 때
달빛 벗삼아
길 나누어 걷던 열 다섯
갈림길 다가오면
가슴은 두근두근
잘 가라는 말 한마디에
설레여 잠 못 이루던 밤
그 그리움 지금도
풀지 못하고 있다.

미련

님은 내 가슴 한쪽에
선을 그어 놓았습니다

님 떠난후
그 선을 넘을 수 없어
정하나 움켜쥐고 바람같이
살았습니다

지금도 그 맘 견딜 수 없어
설움하나 간직하고
살고 있습니다.

기다림

정녕
이밤은 내 것인가요

별도 달도 하늘을 가르는 유성도
내 것인가요

가질 수도 잡을 수도 없는 것
모두 내 것인가요.

허수아비

언덕 저편 허수아비
버스만 지나면 손을 흔든다

아무도 가지 않는 길
가지 않는 길을 가고 싶다고 하고
갈수 없는 길을 간다고 하고
오지 않는 것을 기다리는 것
슬픈 일이다

바람도 갈대 안고 우는데
어데, 기대어 살아갈까
매몰찬 눈보라는 몰아 치는데
난 누굴안고 울어야 하나.

이불

차라리 가라고 말했음 좋겠어
가슴에 스믈 거리는 그리움
잡을 수도 놓을 수도 없는 걸
알면서 붙잡고 있는 내가 미워

가까우면서 멀리 있고
알면서도 모르는 척하고
중요하면서도 관심 없는 나는
너무 바보스러워

내 모든걸 알면서도 내색하지 않는
너는 더 미워.

비련

새벽 아침이면
찬서리 되어 옵니다
그대 있는 곳 멀지 않고
가는길 험하지 않은데
떠나지 못합니다
내 가슴가득 놓여 있는건
그대 그리움 뿐

하나 있으면 하나가 비고
하나 있으면 다른 하나가
발목을 잡고 놓지 않으니
어쩌면 좋을까요

그대 그리운 마음은
못난 이내 맘 뿐입니다.

그 대.1

그대 그리워
꽃잎 고이 접어두지요
그리우면 살며시 꺼내 보려구요

그대 그리우면
그대 생각 노란 보자기에 쌓아 놓지요
생각나면 살며시 풀어 보려구요

언제나 그대 뒷모습을 눈 속에 그리지요
보고프면 언제든 볼 수 있게요

그대 그리워
그대 빈자리 비워 놓지요
힘들면 돌아와 쉬라구

내 맘 그대를 떠나지 못하는 것은
내 못난정이 그대를 놓지 못하는 것입니다.

바람 불던 밤

홀로 보내고 얼마나
애달퍼 맘 조였던가
그리워도 그립다고
말 못하고
보고 싶어도 보고 싶다고
말 한 마디 못한 날

서리같은 바람 불어도
바람막이 되주지 못해
고심했던 날
그리울 때 내가 할 수 있는 건
마음 하나 주는 일
그것 뿐입니다.

봄비 내리는 날에

봄비 내리는 날엔 그대가 그립다
파도처럼 밀려왔다 미련없이 떠난 사람
흔적없는 빗물되어 꽃잎만 남겨 놓고
떠난 사람

그리워 눈물이 난다.

제2부

★

문자품고 있듯 마음만 안고 있다

회상

자식들한테 온 문자를
아까워서 지우질 못하겠다

귀하면서도 귀하게 대접하지 못하고
사랑하면서도 제대로 안아주질 못했다
좋아하면서도 좋은 음식 제대로 한 번
먹이지 못하고
문자 품듯 마음으로만 안고 있었다

바르게 크길 바라면서도
덕담 한번 제대로 해주지 못하고
정겹게 살아가길 바라면서도
다정하게 대하지 못한 내가 서럽다

영원히 오지 않을 시간을
무정한 듯 철없게 흘려보낸 내가.

애비

뒤뚱뒤뚱 아장아장
귀여움이 아른아른 하다
옛일이 되어버린 그리움
첫 뽀뽀는 아빤데 딸들은 모른다

어깨만큼 자란 딸들을 보면
그늘에서 벗어날 때가 됐는가 싶다
자식하고 살 날이 얼마 남지 않았다는 걸
안 것은 중년이 넘어서야 알았다

성장한 딸들이 자랑스럽고 대견하지만
언젠가는 대견함이 아쉬움 되고
그리움 되겠지.

좋은 아빠

아빠는 말을 잘 태워줄 줄 알아야 합니다
덩더쿵도 잘해야 하구요
술,담배는 하지 말아야 합니다
돈은 기본으로 잘 벌어야 하고
날씨에도 민감해야 합니다
아빠, 오늘 비 와요? 물어보면 온다, 안 온다
우산 가져가야 된다, 안된다,
말을 잘 해줘야 합니다
그래야 아빠를 믿거든요
좋은 아빠는 일찍 들어와야 하고
설거지도 가끔은 해 줘야 합니다
아무도 없을 때는 방 청소도 하고
유머는 기본입니다,가끔은 용돈도 후~ 하다
싶을 정도 몰래주는게 좋습니다, 엄마 안보는데서요
더러는 물 쓰레기도 버리는 센스도 있어야 하고
아빠는 약한 모습 보여서는 안됩니다
아프지 말고 울지 말아야 합니다

그래야 진짜 좋은 아빠입니다.
그래야 사랑받는 아빠입니다.

중요한 것은
아빠는 말없이 떠나면 않되는 것입니다

어느 날

팔 하나가 잘려 나갔다
두 개 중 오른 팔
보란듯이 나보다 더 큰 모습을 하고
돌아보지도 않고 매몰차고
당당하게 내 곁을 떠났다

아쉽고 쓰리고 아픈데
미련 한치 보이지 않고 떠났다
제 둥지로.

아빠 꿈

꿈속에
그리던 내모습

눈물
고이며 꿈꾸고

파랑새 나르다
지쳐 버린 꿈

아빠 꿈.

어머니

어머니, 오늘 따라 당신이 슬퍼 보이네요
당신이 띄엄띄엄 쓴글이 날 울게 합니다
주워모은 서른한 개 고추를 모으는 내 손은
풍들린 노인 손가락 그것과 같습니다
당신이 힘없이 내뱉던 한마디가 내 혼을 멀게 합니다
내 나이 스물일곱 이제까지 당신을 울렸는데
당신은 이제야 나를 울리는 군요
새끼들 먹이 구하려는 아우성은 나를 귀먹어리로
만듭니다
철 없는 새끼들 끼니 채우려고 이곳저곳 시래기 썩는
구석구석을 헤치는 당신 모습은 내 눈을 멀게 합니다
먼 훗날 당신 헝클어진 머리가 갈대 꽃잎처럼
바람에 날릴 때면
나는 산천을 부여잡고 또 한 번 통곡할 겁니다
누구도 내 눈물을 막지는 못할 겁니다
어머니 당신 새끼가 미운 오리새끼 일지라도 당신은
정녕 내 어머니는 내 어머니입니다.

어머니.

앉은자리

모르는 사람 끼리 태어나
서로 핏줄로 이어가는 사람
인연이 정들어 살아가는 사람
살면서 닮아가며 끊지 못할 인연으로
엄마, 아빠, 딸, 되는 것
어차피 맺은 인연 끊지 못할 인연.

개구락지 우는 소리

어떤소리는 건성으로 우는가 하면
어떤소리 구슬프기도 하다
천리만 길 흘러간 부모 그리워 우는 소린가
내 철없음 탓하며 우는 소린가
참 지나간 일 부질없기 일수
가면 그만이고 떠나면 헛일인 것을
개구락지 울음소리 끝나면 그만인 것을.

내 이름

이름 하나 더 붙었다
훈장처럼
달아서 좋은 것 있지만
달아서 못마땅한 것도 있다
추운겨울에 피는 꽃 있듯
아픔 감수하고 살 일이
많아진다
시간 가면 갈수록
내가 되기 위한 아픔.

불멸의 밤

당신 지금 어디쯤 가고 계시나요
푸른 언덕을 지나
들판 오솔길 걷고 계시는지

별 되어 지난날을 내려 보시나요
달 뜨는 밤,
별빛 길게 내게 오는 건
예전 그 손길 인 듯 싶습니다

잊지 못한 지난 날
머릿속에서 떠나질 않는군요
때 되면 잊을 건 잊고 떠날 건 떠나
비워두고 싶지만 그리되지 않는 건

삶이 행복했다고 볼 수 있을까요
당신 가고 없는데 지울 수 없는
설움 잊혀지지 않네요

계신 곳은 냇물은 흐르는 곳인가요?

제3부

★

아프니까 사랑이다

사랑에 계절

사랑에 때가 있다면 가을
깊이 퍼지는 색의 향연

가슴 저리도록 붉어지고
가슴 미어지도록 숙연하고
가슴 애절하도록 흘리는 눈물

밀리는 그리움
누구 위한 눈물인가?

보고싶은 여인

갈대 바람스치는 소리
옷깃을 잡고 따라와
아무런 거리낌 없이 가슴을 파고 든다

스치는 여인 머리칼에서
그녀에 유연한 몸매가 술렁이고
마주치는 여인 눈에서
그녀 눈빛이 살아나고

돌아서는 여인 입술에서
그녀 미소를 느낀다
들길 여인 뒷모습에서
그녀 잘록한 허리가 흔들리고

바람타는 여인 말투에서
그녀의 새침한 질투를 느낀다
다가오는 여인에게서 그녀의
체취 느끼지만 안아 줄 수가 없다

흔들리는 억새 꽃잎
모두 모아 그녀를 그리지만
차가운 바람에 모아지질 않는데
그녀에 그림은 갈댓잎 속에서 출렁거리고 있다.

여인

터지도록 밀려와
토닥토닥 사랑한 여인

밤새 잠 못 들고 토끼 눈 되어
아침에 떠난 여인

밤새 달구어 놓은 불씨는
아직도 살아 있다.

소꿉장난

몰래한 사랑
깊이는 어디쯤일까

철없는 아이
장난처럼

어설픈 사랑
철부지 처럼

확인하고
질투하고 그러네.

아프니까 사랑이다

눈빛 하나 마주친게 가슴 저리게 하고
맘 하나 비워준 게 인연이 되고
정 하나 안겨준 게 마음에 상처되어
아픈 서러움으로 꽂힐 줄 몰랐네.

몰래한 사랑

꽃을 보아도 눈빛 하나 주지 못해

웃지도 못하고 눈으로 말하지
손도 못잡아 떨어져야 해

시선이 두려울 뿐이야
우리는 너무도 아끼고 사랑하는거야

우린 그렇게 길들여져 가
눈빛은 아무도 없는 곳으로 우릴 데려가지

미로 속으로.

달맞이 꽃

낮이면 민낯으로 하얗게 하얗게
달 뜨는 밤이면 어둠에 빨간빛

사슴눈에 하얀 눈빛 흘리는 눈가에
나풀나풀 나비 되는 밤

밤 되면 붉어지는 내 모습이 싫어요

입술

얼마나 많은 물이 흐르길래
계곡은 그리 깊기도 하던가

매마른 듯 골 진듯해도 촉촉이
스미는 곳엔 얼마나 깊은 폭포가
흐르고 있는가

어느 골짜기에 이리 달콤한 기운이
또 있을까
한 번 빠지면 헤어나지 못하는 늪

넓기도 하지만 깊이를 가늠할 수도
잴 수도 없는 계곡.

겨울연시

눈꽃은 가까이 와서야 얼굴을 내민다
찬서리 몰아치는 겨울
떠나는 것은 이별
이별은 그리움 안고 사는 것이다

서러웠던 가슴에 바람같은 비가 흐른다
사슴 눈에 흘리는 눈물은
슬퍼서 흘리는 눈물이 아니라
그리워 흘리는 눈물인 것을

너를 사랑하는 동안 너를 아프게 했을 수 있다
너를 좋아하는 동안 너를 힘들게 했을 수 있다

그래도 널 사랑한 건 진실이었다.

나 아닌 그대

바람 스치듯
그대 그리움 스쳐지날 때
바람 머무는 자리에
내 그림자 내려놓고
낮술 취한 노을이 가고
분 화장을 한 달이 뜰때도
떠나지 않는 산그림자 같은
그대 그림자.

애 상

애써 만나려 하지 않겠습니다
애타게 기다리지도 않구요
연락 없다고
속상해 하지 않으렵니다

그리운 맘 가슴에 두고
삭을 때까지 두고두고
기다리렵니다

훗날
그 아픔 익어 독한 술 될 때까지

장작

메마른 몸에 다가오는 유혹
벗은 몸은 환희에 절정
마지막 타오르는 순정
그대에 다하지 못한 애정

벌거벗은 몸 황홀한 절정
섞는다는 거 하나가 된다는 거
하나가 되는 건 아파하는 거
아파하는 것은 맺는 다는 거
맺는다는 거 재가 되는 거

한 줌 재로 초원에 날려
이루지 못한 꿈
다시 피어나는 거.

제4부

★

터질 듯 봉우리 가슴

민들레

파르르 떨며 등을 내민다

꽃잎 바람에 숨어 피어나고

마른 꽃잎에

애태우는 가슴 하나

젖어 있다.

한 꽃잎이 다른 꽃잎에게

손을 내밀면 살짝 잡아주면 돼요
뿌리치지 말고 등 살짝 안아주면
가슴에 파동이 살아나죠

차가운 등나무처럼 벗겨지고
떨어져가면 빨갛게 떨고 있는
손목을 꼬옥 잡아주면 됩니다

살포시 안아 토닥거리면 얽히고 설킨
등나무에서도 푸른 싹이 돋아나고
잎이 돋고 줄기에 떨림이 전해지죠

서로 다른 꽃잎들이 다투어 피어나고
손을 잡고 입을 내밀면 눈과 눈이
마주쳐 마음과 가슴이 달아 오르죠

그래서 꽃은 피어난답니다.

바람에 이는 꽃

꽃잎, 바람에 스치운다
잎, 술 날개 달아
바람에 실어 달빛속
너울 너울 춤춘다

멀어져간 잎새
떨리는 꽃잎 나를 때
충혈된 눈에는 알지 못할
문자가 밀려온다

돌담위에 놓인 그리움
하얗게 빛날쯤
꽃잎 귓가에 스쳐 울며 떠난다

다시 못 볼 것 마냥
다시 못 올 것 마냥.

꽃 비

터질듯 봉우리 가슴
밤새 꽃잎 여미어서
아침이슬 내릴 즈음
빠알간 입술 내밀어
사랑향기 날리우면

어김없이 바람 불고
쏘낙비 쏟아지면
꽃잎, 바람 질투에
못이겨 떠나는 길

이별, 아쉬움 남기고
눈물 보이지 않으려
빗속으로 떠나간다.

잎새 꽃

가지 말았어야 했는데
바라보지 말았어야 했는데
보고 말았네.

유리 꽃

꽃, 지조(志操)를 상실 당 했다
피우고 싶은 곳에 피울 수 없고
피고 싶을 때 피우지 못하는
시도 때도 없이 피워야 하는 꽃
절개는 없고 색만 가득하다
온실에서 피워야 하고
실 없이 웃어야 하는 삐에로

꽃은 상품이 아니다
꽃은 자유로와야 이쁘고
까칠해야 아름답다
날개 없는 꽃은 색만 있고 가슴은 없다.

봄 처녀

선홍빛 잎술
후~ 불어본다
손길 다가서면
다칠까
눈 빛만 건넨다

열잔 술에 취하게 하고
다섯 잎으로 가슴 물들게 하고
선홍빛으로
맘 설레게하는 꽃

가냘픈 허리에 어찌 그리
고운 빛 피울까.

봄초롱

봄 바람이 춤을 춘다
매화 목련이랑 덩실 덩실
파란 싹에 손 살짝 손대보고
진달래 얼굴 후~ 불어도 보고
난초 꽃잎 흔들어 본다

복사 꽃잎에 숨어 꿀 따는
노랑나비 등 부벼도 보고
묘 둥지 할미꽃
물 오른 버들가지
풀 피리 불며 뛰어도 본다

산골 물오리 등 올라
새 흉내도 내보고
개나리 손잡고 푸른 언덕
뛰며 소리 질러본다

민들레 봄 이라고.

제5부

★

지는줄 모르고 피는 꽃도 있다

공식

떠나는 장면이 길어 충격을 줄일 수 있어
다행이다
만남과 이별은 뜸을 들여야 제 맛이 나는지
모른다
혼자 별을 보고, 밥을 먹고, 술을 마시며 사는 일
익숙해져야 하는 일이 내게 필요하다
혼자 태어나 둘이었다가 셋이 되고 넷이 되고 또
셋이었다가 둘이었다가 혼자가 되는 역순에
인생을 사는 것이 지당한 것인지도 모른다

변명은 하지마라
인생 사는데 답이 없다
사는게 인생이고 생각이 길이다.

정

그리워하지 말자
미워하지도 말고
아쉬워 하지도
외로워 떨지도 말자

난 원없이 사랑했고
파도처럼 그리워도 했다
그리워도 서글퍼하지도 말고
보고싶어 울지도 마라

사랑은 그리움으로 왔다가
미움으로 떠나는가 보다.

무화과

흔들리는 잎새 거기 서 있다

바람차고 볼일 없는 서러운 날

애닮픈 소리
잊을수 없는 소리

짙은 하룻밤은
무릎에 기대어 운다.

하소연

눈물없인 말 못하겠소
갈대는 하얀 날개도 있지만
부드러운 꽃잎도 있지않소

난
눈물없인 말 못하겠소
장미는 예쁜 꽃도 있지만
날카로운 가시도 있지않소
난 가진게 없소
입으로만 손으로만 말못하겠소
눈물없인 말 못하겠소.

아리랑 고개

구름 넘어 저 언덕 아래
아리랑 고개

보고파서 넘고
그리워서 넘고
서글퍼서 넘은 고개

돌아오마 성황당에
입맞추고 넘은 고갯 길

십리, 천리길 돌고 돌아
만리가 된다.

저수지

저수지에 가면
물결으로 고기들이 달려와
우리 엄마 찾아달라고
어디갔냐고 묻는다

모른다고 얘기하면
눈물 글썽이며 운다

저쪽 태공한테 가보라지만
무서워 가기 싫단다
눈을 부라리고 있어 무섭다고
울며 돌아선다

눈물 글썽이며 돌아간다
엄마 없는 집으로.

홀로피는 꽃

꽃, 다 행복해서
피는건 아니다

울면서 피는꽃
외로워 피는꽃
그리워 피는꽃

지는 줄 모르고
피는 꽃도 있다.

낙 엽

술잔에 낙엽이 고여
울고 있다
떠나는 건 이별이고
남은 건 인연인데
휩쓸려 쓸고 가는 나그네 인양
구석진 모퉁이에 몰려있다

떠나려는 채비를 하고
울고 있는 것도 있고
취한 놈도 있고
비에 젖어 쳐진 놈도 있다
가는 길 알면서
떠나는 길 알면서 울고 있다
아쉬움에 울고 있다

다시 못 올 것 마냥.

애 증

이제 종이배를 놓아 주렵니다
띄우지 못해 각만 칼같이 세웠던
종이배 놓으렵니다
너무 만지다 보니 손에 꺼시랭이가
생기고 손이 갈라집니다

이제 종이배를 놓아 주렵니다
서러움 그리움 가득 실어 놓고
떠내보내지 못했던 것
아쉬움 실어 보내렵니다
실개천 휘돌아 강 건너 바다로
가려면 어려움 많겠죠
그래서 배 에다 빨강, 노랑, 파랑
색 칠하여 견고하고 물 새지않게
단단히 치장 하렵니다

이제 종이배 띄울 때입니다
마지막으로 한가지 더 실어 보내렵니다
미움을 실어도 되겠지만 싣지 않겠습니다

그대를 미워하는 것은 내가 그대에게
죄를 짓는 것입니다
종이배가 순항 할수 있도록
사랑했던 정을 채워 보내렵니다
좋아했지만, 영원하지 못해 서럽지만
미워하지 않겠습니다
그대에게 바람이 되고 싶지 않은 마지막
그대에 대한 애정입니다

이제 진정 놓아 주어야 합니다
보내 놓고 뒤 따라가지 않으렵니다
그러다 놓아주지 못할 수도 있습니다
돌아보지 않으렵니다, 손 흔들지도 않으렵니다
다시 볼수 없기 때문입니다
그러나 시간이 지나면 보고플 때도 있을 겁니다
그래도 미련 갖지 않으렵니다
그러나 그리움은 오랫동안 길게 남아 돌겠지요.

솔바람

새벽 안개속으로
이슬처럼 사라진
너 하고
반평생 살아온 날

네가 가는곳 어딘지 몰라
잘가라 인사 못하고

네가 가는 곳 어딘지 몰라
어찌 안녕하리

안개비 되어 흐르는
비는 너에 눈물인 것을

솔바람 되어 떠난 네모습
창가에 길게 누워 흐른다.

그리워질 때

외로워야 아름답다고
혼자 있어야 사랑스럽다고
멀리 있어야 그리워진다고
미워하지 말고
그리워하며 살자던 그

이별을 준비하고 있었다
나 모르게.

바람인생

어제 떠난사람
오늘 기억 못하고
오늘 사는 사람
내일 알지 못한다

남는 거
떠나는 거
손바닥 뒤집는 것

남으면 남아서 좋구
떠나면 홀가분해서 좋구

아쉽고 슬픈건 남는자에 몫
떠나는 것은 바람 몫.

거짓말

세상 거짓말 다모아
분칠 해놓고
세상 웃음 다모아
포장 해놓고
손짓하는 님에 속은
무얼 닮았나
님 그리는 맘 하늘만큼
애절하다 하지
님 바람이라면
난, 빗물이라네.

빈 방

홀로 된다는 것은
빈방을 치우는 일이다
빈방을 치우는 건 혼자라는 것
외로운 것은 혼자 빈방을
지키는 것이다
적막한 어둠을 불빛이 지키는 일이다

빈방을 지나는 어둠은
흔들리는 불빛을 곁눈질하며
누군가를 그리워 하고 있다.

이별이 되기까지

이별을 준비하는데 시간이 필요했다
말로는 떠나면 되지 소리쳐놓고, 막상
이별을 준비 하려니 버릴 것도 많고
접을 것도 많고, 비울 것도 많았다

하나는 길들여 왔던 버릇을 버려야 하고
하나는 머릿속 그리운 과거를 지워야 하고
하나는 벽에 걸린 아이들 사진을 없애는 일이다

그리고 혀에 길들여진 입맛을 바꾸고
지나간 기억들을 하나씩 지우는 일이 이별이다
이별은 두렵지 않으나
홀로 어둠을 지새워야 하는 일이 두렵다.

깡 통

다 내 것인 줄 알었다
다 내 자식인 줄 알었다
다 내 사람인 줄 알었다
사랑도 다 내 것인 줄 알었다

그러나
막상 손에 쥘려보니 잡히는 건
하나도 없었다
내 것은 하나도 없었다
그냥 나 뿐 이었다.

작 별

다들 웃고 있는데
나만 울고 있다

가는 길
떠나는 길
돌아 가는 길

떠나는 건 내가 아닌데
나만 울고 있다.

꽃 무릇

울면서 떠나는 것
사랑 아닙니다

미련없이 떠나는 것
사랑입니다

아쉽고 서러워도
미련없이 떠나는 것이

그사람 위하는 것입니다
그사람 아끼는 것입니다.

눈물 꽃비 되던날

눈물, 꽃비되던 날
빗줄기 동아 줄 만들어
어서오라, 어서오라 하는데
이승 눈물, 강을 이루어
서럼 복 받쳐 막을 길 없어

육신마저 바람되면, 마음마저 바람인가
살어 생전 여기까지라면
죽어 생전 인연 얼마나 되나

이승에서 못다한 인연
저승에서 꽃다발 로 피워

한 천년 살고 지고
한 만년 살고 지고.

이별 혼자 하는겁니다

사랑, 없으면 이별 못 합니다
믿음, 없으면 이별 못 합니다
이별, 아무나 하는 것 아닙니다

추운겨울 혼자 울다 핀
동백처럼
이별, 혼자 하는 겁니다.

끝자락

어디나 끝은 외롭다
두고 홀로 떠나야 하는 서러움
보내야 하는 이별에 아쉬움
고운정 미운정 지워지지 않는 그리움
사랑 이냐고 비웃을 까봐
말 못하고 보내고 만다
떠나는것은 눈물자욱 지우는 일이다
알 수 없는 그리움을.

제6부

★

나 또한 너 같았으면 좋겠다

겨우살이

폭풍 한설 찬바람에
이렇게 살아있는 건
당신 때문입니다

당신에 대한
믿음이 있기에 추운
나무위에 혼자 서있습니다

찬서리 내리고 눈 보라쳐도
견딜 수 있는 건 당신에 대한
애정이 남아 있기 때문입니다.

그리움 · 3

모른다고 모르는 사람처럼
잊은 사람이라고 생각해도
맘 한구석 빈 자리에 그대
그림자 있다고 생각하면
얼음 깨지는 그 소리가 나

나 언제까지 가슴에 그 그리움
품고 살아가야 하는지 모르겠어.

동강에 봄날

동강에 아침은 살얼음 밑에서 온다
적벽에 해가 뜨면 동강 할미꽃 실눈을 뜨고
담장에 해가 앉으면 살얼음 터지는 소리
강물에 햇살 내리면 동강은 기지개 켠다

햇살이 문지방을 넘으면 강냉이 타작이 시작되고
타작소리는 산천에 메아리 되어 내게 돌아와
산골여인에 한 많은 푸념으로 변하고 막대기
치는 소리는 장단 가락이 된다

동강에 듬뿍 눈이 내리고 버들강아지 입 내밀면
냇가는 동네 장터가 되어 청년들로 붐빈다
중택이 통가리 꺽지 메기 사냥한 가마 솥
어죽 매운탕은 긴 겨울 얼었던 입맛을 풀어준다

쇠죽 끓이는 저녁이면 황소 가슴이 채워지고
배부른 황소도 졸린 눈을 이기지 못해 자리를 편다
베틀집 사랑방 문풍지 바람 흐르는 소리
어둠은 이불이 되어 겨울 밤을 잠들게 한다.

굽이굽이 휘어돌아 흐르는 계곡에 적색 할미꽃
복수초, 설중매화, 피는 날 동강에 적벽은 한 폭에
동양화가 된다
다음 날 장닭이 새벽을 깨우면
김장독 뚜껑이 열리고 동강에 또 하루가 시작 된다.

나 또한 너 같았으면 좋겠다

들 빛 파랗게 물들이는 나뭇잎처럼
산등성 빨갛게 사르는 진달래꽃처럼
산길 굽이굽이 수놓는 산벚꽃처럼
깊은 산골 높은 곳에 태어나
있어도 없는 것처럼, 없어도 있는것 처럼
아름답게 펼칠 수 있는

그런 너 같았으면 좋겠다

꺾일 줄도 알고, 비킬 줄도 알고
숙일 줄도 아는, 너에 心性을 닮아
살아가는 나그네처럼
비바람에 스치고 거슬려도
물따라 흐르고 바람같이 떠가고
막히면 돌아가는 냇물처럼

나 또한 너 같았으면 좋겠다.

산들바람

파란바람은 우두커니
혼자 서 있다

벌거벗은 채로

떠난사람은 저만치
웃고 있는데

혼자 울고 있다.

빗방울 하나 창턱에 걸려

얼굴 없는 그림 하나 울고 있다
비 오는 처마 밑에서 힐끗힐끗
하늘보며 빗물인지 눈물인지
흘리며 서 있다

어느새 하늘은 빼꼼 빛나고 구름도
비가 왔냐는 듯이 웃고 있다
나뭇잎도 언제 울었냐는 듯 웃는다

모든게 지나고, 끝나면 그만
과거와 미래는 없고 현재만 있을 뿐
지난일을 탓하고 논하는 것은 철부지.

겨울햇살

사정없이 몰아치던 한파도 따스할 때 있다
겨울, 다 춥고 떨리는 건 아니다
다정할 때 있고 그리울 때 있다
어렵고 힘들 때 있지만 다정하고
포근한 구석도 있다
항시 힘들고 배고프고 춥고
어려우면 어찌 살으까
다 행복해 보여도 나름대로 힘들 때 있고
어렵고 서러울 때 있는 법
고통 스스로 인내하다 보면 좋은 날
좋은 햇살 만나게 될테니.

밤 비

그대 오는줄
모르고 잠만 잤네요

창문 두드리는 줄도
모르고 잤네요

보고싶어
얼마나 기다렸는데

문 밖에 있는 줄도 모르고
잠만 잤네요.

제7부

★

바람 없으면 살수 없는 인생

밤 까치

새벽이슬 내릴적 문턱을 넘었다
자명종 시계소리가 시간을 건너간다
산세에 몇 번이고 손을 흔들며
찾아온 집엔 까만 불빛만 잠들고 있다
갈 곳 있고 머물 곳 있어 다행이다

찬 냉 잠을 재우는 이도 있으련만
신문 한 장 덮개를 솜이불 만침이나
고맙게 재우는 이도 있으련만
내 생은 이만치도 고맙다
쓴 술 마시고 밤을 지우는 이에 마음은
얼마나 찬서리 내릴까마는
거기가지는 미더움이 미치지
못할 뿐이다

갈 곳 없는 것도 아니련만
가지못하고 찬 시선 맞으며
눈을 감는가
길은 아지 멀었는데

눈 올날 아직 많은데
까칠한 눈빛만 가득하다
이대로 밤이 끝나면 좋으련만
밤 까치는 지금도 울고있다.

달 빛

술잔에 파도가 인다

출렁이는 술잔 속에

세월 있고 나는 간다.

목화

눈속에
달이 헤멘다

달 속에 떠돌다 취해
강물에 낙상하고

얼큰한 주당 혀 끝에
사라지고 만다.

빨간국화

줄기도 잎도 아닌 꽃잎 속에
빨간점 하나 숨겨 놓고 웃고 있다
꽃 들이 얼마나 많은 빨간 점
숨기고 살고 있는지 소름 돋는다

폭풍 한설 겨울 왔으면 좋겠다.

삼세잔

한잔 술에 마음이 열리고

두잔 술에 가슴이 터지고

석잔 술은 천지가 열린다.

연

나를 떠난 너는 신이 났구나
여기 저기 꼬리쳐 바람을 타고
내겐 안중에도 없는 너를 시샘하여
얼레를 풀면 흐느적 흐느적
사경을 헤메는 네가 안스러워 연줄을 감는다

너와 난 어설픈 실 하나에 얽혀 있어
놓을 수도 잡을 수도 없는 구름 타레
실바람 타는 너의 마음 잡기엔
내가 너무 힘들어
감을 수도 놓을 수도 없는 실타래

잡히기 싫은 네 마음 나는 아직 모른다

흔 적. 2

밤새 냉기를 가슴안고 뒤척이던 밤
지나온 시름안고 고민하던 밤
떠난 사람 그리워 울던 밤
육신에 남아 있는 온기마저 가져가려는
바닥을 골판지로 가리우고 하룻밤 머무는곳

세상은 조금도 거저 주는 게 없다는 것을
뼈저리게 느낀다
한치에 실수도 용납할 수 없는 듯
세상에 톱니바퀴는 내버려 두질 않는다
하얀 동이 틀 때면 머물던 자리에 온기를 두고
떠난다

스쳐지나는 서글픈 영혼에게
두터운 골판지가 되고 싶다.

양 파

그림자 없는 실체를 위해
파수꾼으로 사는 건
외로움에 연속이다

잊고 사는 건 그리운 투쟁
산고에 아픔, 터지는 괴로움
기다림 연속

처절한 고투 속 생존에
희망 안고 몸 삭혀가며
사는 아픔

겪고 나면 찢어지는
외로운 투쟁 떠나가고
부드러운 껍질 남으리.

오일장

동이 하얗게 뜨는 아침 장에 간다
파릇 파릇 발소리 들으며 자라난 채소
모아 길가 모퉁이에 장을 펼친다
날 보고 채소보고 번갈아 보고 웃는다
닮은 물건 고르듯, 장날은 동네 축제
정성들여 키워온 채소, 호박잎, 고구마
아쉬워 말아야지, 살아가는 방법이다
종일 뜨겁기만 하던 태양은 저녁되면
화장을 한다
노을 질 무렵이면 노을 닮은 모습을 하고
자리를 털고 돌아간다
텃밭으로.

해미읍성

아픈 설움, 품고
슬픈 한, 맺힌 자리
서름모습 보이지 않으려
돌담 쌓아 숨긴자리

철없는 생각, 부질 없는 짓
슬픈 역사, 어쩌란 말이가
아픔 달래주려 주막(酒幕)집 짓고
서름 달래려 유채꽃 피우지만
애닮픈 한, 얼마나 달랠까

종달새

바람은 벼갯잎처럼 부드러웠다
푸른바다 잔잔한 호수 같았다

알지 못할 것까지 갈대 닮아
어느 하나 가볍게 보이는 게 없다
나름대로 자신에 몫을 다하고
숙연한 모습이다

중년을 지나 노년을 기다리듯
홀가분한 모습이다
바람에 맡긴 듯 가벼워 보인다

갈대에게 말을 건네보지만 웃기만 한다
어깨에 손을 얹고 웃는다
조용한 눈짓 발길
다들 제 갈 길을 가고 있다
아무런 재잘거림 없이.

미소의 칼날

함박웃음 가득한데 손은 칼춤을 춘다
어항에 고기들은 이미 물고기가 아니다
푸른 바다를 휘돌던 지느러미는 어느새
칼날에 칼같이 잘려나가고 살점은 초장에
묻혀 정신을 잃었다

극락은 못 가겠다면서도 연신 상모를
돌리며 칼춤을 춘다
그저 담백하고 쫄깃하다는 변명으로
그녀에 손을 빌려 내 욕망을 채운다
칼손은 신들린 무당이다
그러면서 웃음과 미소를 드리우고
다음을 기약하잖다

내가 여길 떠나면 어항 고기들은
한숨 돌리겠지.

해삼 한 토막

그곳에 가면 해삼 한 마리 늘어져 있다
갈때 마다 눈을 뜬 것인지 감은 것인지
알 수가 없다
이리 저리 책상을 기어 가다 막걸리
한 잔을 쑥 내밀며 말을 건네온다

눈이 부시다
찬서리 내려도 저리 하얀
하지 않을 텐데
잔을 쳐다보고 바라본다
발 냄새가 난다
코를 막고 잔을 마신다
어디선가 홍어 냄새가 난다
코를 킁킁 거리다 진원지 찾아
막걸리 한 잔 부어 놓고 왔던 길로 돌아
나왔다.

잃어버린 육신

마음 하나 갖고 사는게 중요하다
철부지 아이처럼 살아온 세월이
약속한 시간으로 돌아온다
아픈상처로 남는다
안이하게 여겨온 시간
내 것인데도 내 것이 아닌 것처럼
무의미하게 살아온 나날
철부지 어린아이 장난감 가지고 놀 듯
무심히 스쳐온 세월
흩어지고 나니 아픈 가슴에 후회로 남는다
금, 은을 주어도 돌릴 수 없는 것이 육신인데
무심히 지나쳐 버린 행복을 잃어버리고
난 다음에야 알아차린 모습이 안타깝다
눈이 시리도록 가슴이 미어진다
내가 꺾어버린 나무도 제 육신 잃어버리고
얼마나 울었을까
내가 던진 조약돌도 아픈 가슴 쥐고
얼마나 울었을까
너도 아픔 있는 줄 나는 왜 몰랐을까.

바람개비

털털 웃으며 반기는 살결 부드럽다
어디서 왔는지 모를 것이 볼을 스친다
이름도 없는 것이 생각도 없는 것이
다가와 포옹하고 부드럽고 차가운
날개로 탈바꿈하여 떠도는 바람개비

바람 없으면 외로워 살 수 없는 인생
사랑 없으면 외로워 살 수 없는 인생.

순대국밥

장날 하루 앞둔 시골장터
눈 못 뜰 만큼 독한 눈이 내린다
국밥 집 뽀얀 증기는 피어나고
볼엔 따가운 눈발만 스친다
대충 말다만 국밥 한 그릇
깊숙이 찌든 허기를 채우고
깍두기 국물로 입을 가신다
창밖 사납게 내리는 눈 발
가슴에 온기는 진하게 감돈다
떠나는 발길 아쉽지만
돌아서는 마음은 국밥
한 그릇이 풍요롭다.

손톱 달팽이

어둠이 지나도 빛은 없다
부딪히면 기어가고 막히면 돌아가고
허덕이면 쉬어가는 손톱 달팽이
어둠이 가시도록 걸어도 보이는 낙서는 없다
먼동이 트는 숲속에 햇빛은 빛나는가?

공간.1

나를 기억하는 사람은 어느 곳에도 없다
어둠은 빛을 훔치려 창가에 기대여 서성이지만
가져갈 수 없다
바람은 꽃잎을 가지려 애써보지만
꽃잎 한 장 손에 쥘 수가 없다
파도는 조약돌 한 움큼 주머니에
넣어보지만 흩어지고 만다
태양은 대지를 빨갛게 물들이고 싶지만
그럴 수가 없다
땅은 갖고 싶은 걸 품 안에 숨겨
혼자 것으로 하려 하지만 숨길 수가 없다

나를 기억하는 것은 세상 어느 곳에도 없다.

공간. 2

사랑과 이별에 공간이 너무 멀다
그리움과 만남에 차이도 멀고
너와 나 사이도 멀어 볼 수가 없다
사랑이라는 것이 이별이라는 것이
내 것이 아니기 때문에 마음대로 할 수가 없어
내가 나를 탓할 수도 없고
내가 너를 나무랄 수도 없는 것
모든 것이 이치에 맞지 않게 엮일 수 있지만
그래도 한 가지 서로에 마음이 조금 맞는다면
생각해 볼 수 있을 것이다

우리 서로에 만남이라는 인연이 있었다면
언젠가 또는 이별은 당연하다고 할 수 있다
모든 것이 영원한 것이 없듯이 존재감 없는
인간이 되어 언제까지 영원하다고는
볼 수 없다
모든 것이 만나면 헤어지고, 만들어지면
부서지고 없어지는 것이기 때문에
만나고 헤어지는 것은 자연에 당연한

이치라고 볼 수 있다.

만남과 이별에 공간속에서.

갯벌에 발란

출렁이는 바다는 노을을 밀어낸다
갯벌은 벌거숭이
하얀속살을 드러내고 남는 건
조개들에 아우성
바다의 외도에 갯벌은 어쩔 줄 모르고
품고 있던 가슴까지 내어준다
얼마나 서럽고 슬프랴
소근대던 정마저 안고 있던 온기마저
빼앗겨 버린 벌거숭이
토해도 토해도 다 못 토하는 오열
입속으로 다가와 서걱 거린다
마지막 서러움 눈빛으로 다가온다.

잎새꽃

발 행 일 | 2024년 8월 26일
지 은 이 | 나 순 규

발 행 처 | 동해출판사
주 소 | 충북 청주시 상당구 우암산로 28 (우60-112)
전화번호 | 043.256.0323 팩 스 | 043.253.5979
전자우편 | dhs0323@hanmail.net
등 록 | 제1997-1001-80호

ISBN 978-89-87562-25-4 정가 12,000원

■ 이 책에 실린 작품의 지작권은 해당 작가에게 있습니다.

충청북도 CHUNGCHEONGBUK-DO
충북문화재단 Chungbuk Cultural Foundation

※ 이 책은 충청북도, 충북문화재단의 후원으로 문화예술육성 지원사업의 일환으로 지원받아 발간되었음.